詩集

わたしがオリーブだったころ

保坂登志子

内山　懋 絵

リーブル出版

詩集　わたしがオリーブだったころ／もくじ

I

わたしがオリーブだったころ

II

III

おしゃまなあっこちゃん

表紙絵・カット　内山《うちやま》　懋《つとむ》

I

わたしがオリーブだったころ

わたしがオリーブだったころ

わたしがオリーブと呼ばれたころ
毎日がビクビク毎日が取っ組み合い
毎日が戦争であの手この手の策略《さくりゃく》
毎日がピチピチバリバリ元気はつらつだった
わたしが初めて社会人になった日
ポパイは中学二年二組札付きのワル
それを知らない新任のわたしに託《たく》された

ポパイは筋肉もりもり腕力自慢の半大人《おとな》

わたしが一歩教室に入ると
ウロウロ歩きまわりニタニタと
目の前で習字の筆をバリッと折って驚かせた
負けてたまるか！

わたしが出席簿で思いっきり頭をたたいたら
〝ボール紙でなぐってどうなるの？〟
頭をかきかき　みんなを笑わせたグレ少年

父子家庭の父親は朝早く魚市場に行くから

お弁当は自分で握った特大おにぎり一個
そこでサンドイッチとおかずをこっそり
ポパイに差し入れ　ウインク！

ある日校門を入ると
四階の教室の窓から大喚声《かんせい》が上がった
〝オリーブーッ!!〟
どっきりがっくりわたしは恥ずかしかった
なのに
それからわたしは　〝オリーブ〟になった
でもその時　わたしは幸せだった

なぜならポパイがいたからね

二年二組が卒業して半年経ったころ
見慣れない船便の封書が届いた

『ぼくは今サンフランシスコ行きの貨物船に乗っています。
船底で、生まれてはじめてこの手紙を書いています』
ポパイからの手紙だった

オリーブの眼から熱い涙がとめどなくあふれた

本当って？

本当はひとりぼっちはさびしいのに
さびしい　なんて言わない

本当は会いたくてしかたないのに
会いたい　なんて言わない

本当はひとりの時間も好きなのに
ひとりでさびしい　なんて言ったり

本当は心のままに
さびしい　会いたいって言いたいのに

本当って？
本心って？

葉っぱだって表になったり裏になったり
くるくる回ってみたり

感じることってどれも本当なんだ
葉っぱの表と裏のように

心の中

心を開いて見ることができたら
すごいだろうな
森の奥の古い木にぶらさがっている
サルオガセのようかしら
涙のあとや恨んだときのでこぼこや
うそをついたときの赤い舌《べろ》や

一所懸命のは灰になっていたり
人を愛したときのは花になって香っているかも

心はじっとしていないというから
空を飛び回っていて
本当はからっぽなのかもしれない
まだだれも心の中を見た人はいない
というから
みんな安心して笑っているんだろうな

日記

きのうの日記
なんだかプンプンとんがってる
くやしがってるわたしが見える
いばりくさった気持が見える

とんがってる自分はみにくいな
書いた自分がいやになった
消したいけれどめんどくさいな

ボールペンで書いた日記帳だからね

でもきょうは
きのうのことはすっかり忘れ
いやな自分を忘れてた
日記を見るまで気にしなかった

きのうのわたしもわたしだけれど
きょうのわたしもわたしだから
きょうは楽しくやれたけど
特に書くこともないきょうの日記

意志の重み

蒲《がま》や蘆《あし》は春に花穂《はなほ》を出し
秋にはだんだん褐色《かっしょく》になり
穂が割《さ》けて白いふわふわ綿毛《わたげ》になり
一粒の種をかかえて風に吹かれて飛ぶ

柳の花穂も白い綿毛になって

一粒の夢をかかえて風に吹かれて飛ぶ

種は白い綿毛につつまれて
風に任せて飛ぶ

風に任せて飛んでみたいニンゲン
でもニンゲンには意志があるからね

種よりも重いニンゲンの意志って
どれほど重いものなんだろう？

空から見てる

ふさふさライオン
ぎざぎざワニ
カメもウサギも
ゾウもキリンも
ふんわりのんびり空から見てる
怒ったり笑ったり

ケンカしたりだきあったり

作ったりこわしたり

四角　三角　高い　低い

色とりどりのオリが好きな

ニンゲンたちを

空から見てる

動物たちが

空から見てる

お父さん

お父さんは小さいころ
お父さんと死に別れて
お父さんを知らないから
自分がお父さんになったのに
お父さんてどうすればいいのかわからなくて
いつも困った顔をしてたけど
生まれた子どもをだっこして
たかいたかーい　したら

キャッキャッ　子どもがよろこんだので
もっともっとたかいたかーい　したら
天井にごっつんこ！
子どもは　ギャーッ
救急車ピポピポ
検査いろいろ　お父さん　おろおろ
「お子さんはだいじょうぶですよ」
先生に言われて涙ぐみ
「どうもありがとうございました」と
深く頭を下げたお父さんは
本当にお父さんらしかったよ

お母さん

むかし　お母さんは
きょうだいがケンカすると
「ドッスン！」
何も言わず睨《にら》みつけ床を踏んだ
すると兄さんも姉さんも友だちも私も
すぐにケンカをやめた

今　お母さんは人々のケンカを
空から黙って見ているのかしら

武器を手に戦争をやめない大人たちに向かって
ああ　世界中のお母さん
手をつないで大地に立ち
地球をゆるがすほどの「ドッスン！」を
世界中の大人たちが尻餅《しりもち》をついて
空を見上げるほどの
「ドッスン！」を

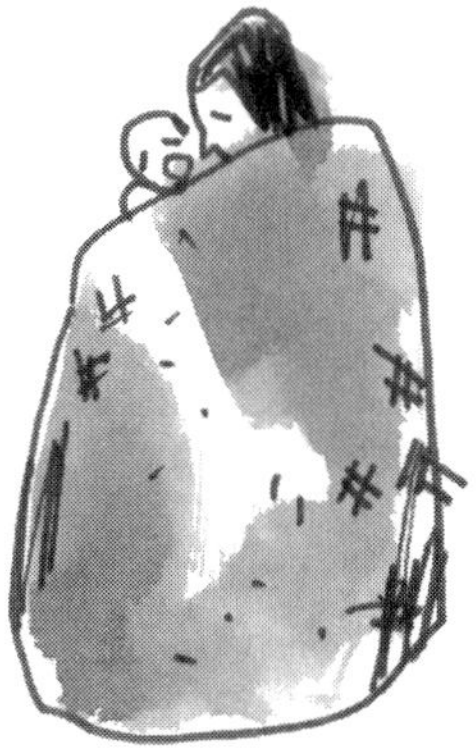

II

春一番のタラの芽

春になると
佐久の小屋の入り口に生えている
タラノキの新芽が待たれます
トゲトゲの枝のてっぺんに頭を出す
春一番のタラの芽です
やわらかくておいしいので
ニンゲンの他に

鳥や虫が食べてしまうらしいです

一番目の芽が食べられてしまっても
二番目のじょうぶな芽が下にひかえていて
木が枯れないように
しっかり守っているそうです
ニンゲンや鳥や虫たちに
春一番のよろこびをくれる
一番の好きなタラの芽を
みんな　楽しみに待っています

幸せな時間

四月の朝
白とピンクの大輪《たいりん》のツバキが開いた
ヒヨドリが一番にやって来て
顔をうずめて蜜をすっている
ヒヨドリはツバキの花が好きなのね
ツバキの花もヒヨドリが好きなのね

とても仲良しみたい
時々お話しているよ

ツバキの花は嬉しそう
ヒヨドリは幸せそう
そして私にも幸せな時間を
ありがとう

アオバハゴロモと日曜日

六月の雨上がり桜の木の枝に
小さなイチョウの葉のような
ふくらみはじめたそら豆のような
アオバハゴロモがずらり六匹並んでいる
「ヨーイドン」の合図を待っているみたいに
だからわたしピストルの代わりに
人さし指のピストル近づけたら

くるり！　いっせいに枝の裏側にかくれた

指のピストルかまえると
五十センチ向こうのクチナシの枝に　ぴょん
こんどはこちらがスタートライン？
めいっぱい腕を伸ばして　パン！
わたしの顔を見るように近づいてきて　さいそく？
六匹はなれずに跳び回り
運動会はいつ終わる？
エメラルドグリーンの愛らしい
アオバハゴロモと遊ぶ
六月の日曜日

アブとタンポポ

あっ
タンポポのぼんぼりが鳴っている
白いドレスの中で
ブンブン　アブが騒《さわ》いでいる
—ああどうしよう　つかまっちゃった
　だれか助けてえ
—あばれないで　しずかに

ドレスがやぶれる

アブはブンブンあばれるばかり
あっ
アブとタンポポ空に舞った
ブンブンふわふわ
ふわふわブンブン

お日さまが空で笑ってた
わたしも空見て笑ったよ

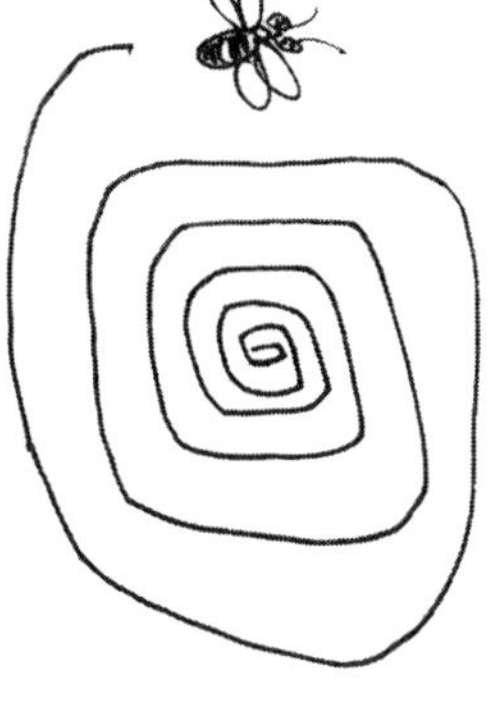

十二月のマナイタグラ

谷川の流れを見下ろし聳《そび》えている
ダイナミックな山の名は
マナイタグラ
山頂にでっかい岩のマナイタすえて
〝本日営業いたします〟
何でも切れる神様の包丁《ほうちょう》で

季節料理はおまかせ下さい

先《ま》ずはあなたの夢料理
それとも未来の占《うらな》い料理
おすすめメニューは
ダイアモンドダスト
ツララの串刺《くしざ》し
さあ召し上がれ
雲がおヘソをまげないうちに

トンビ

安曇野《あづみの》の丘で
北アルプスの峰峰を眺めていたら
峰峰の番人みたいに
トンビが輪《わ》を描いて飛んでいる
のどかな風景に見とれていたら
こちらめがけて急降下

なになになにがどうしたの？

お弁当の卵焼きさらっていった

そうして大きく輪を描いて

悠々《ゆうゆう》と山を見張ってる

ピーーヒョロロッ　口笛吹いた

〃うまかったよ～～　たまごやき〃

柿の木のてっぺんで

小鳥が
柿の実を食べている
自分よりずっと大きな
ごちそうの上にのっかって
おいしそうに食べている
大きい鳥

小さい鳥
仲良く食べている

あんなにたくさん食べているのに
ちゃんと
じぶんの羽で飛べる分だけ
食べているのね

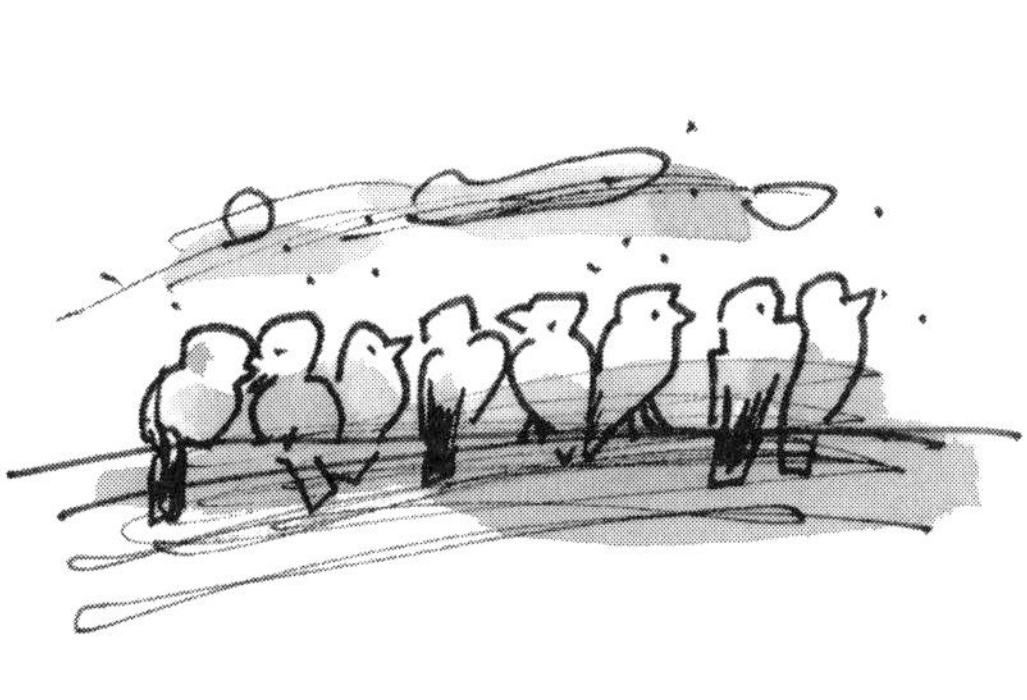

雪の結晶

とつぜん　ひらり
わたしの　腕に　雪
空からの伝言？
両手をかざしたほどの
せまい視野《しや》の中に
まいこんだ

一片《ひとひら》の雪
どうぞしばらくそのままに

雪は
生きているんだ……

一瞬の
いのちの結晶

Ⅲ

おしゃまなあっこちゃん

なにさがしてんの？

ネズミがサツマイモをひいていったらしい
おかあさんがザルをたたいてさがしまわっている
たんすのうえ　いすのした
とだなのなか　てぬぐいや　ぼうしのした
ろうか　おふろばまで

「おかしいなあ　どこにいったのかしらー」
おかあさんは　あちこちあるきまわっている

「ねえ
ネズミさがしてんの？
サツマイモさがしてんの？」

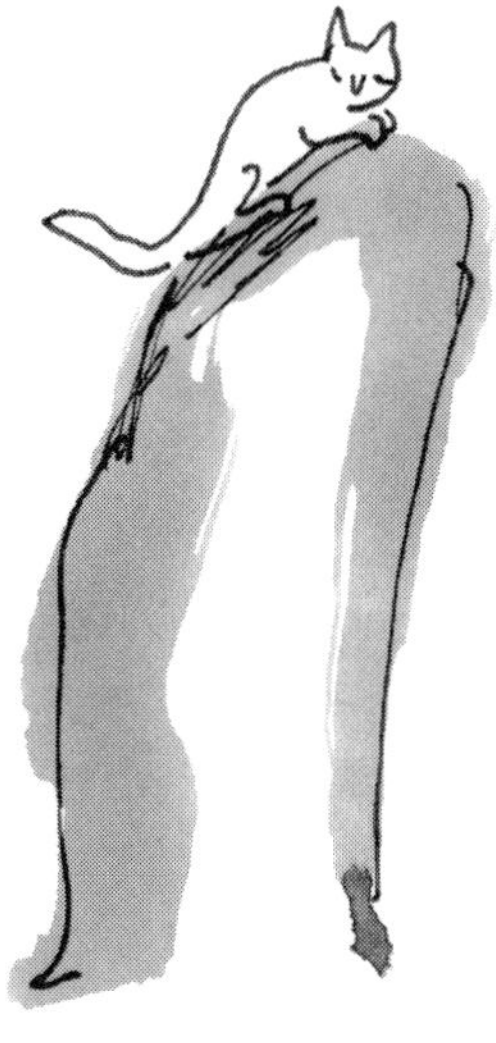

オニギリにしますか？

おひるちかくになったので
おかあさんが　あっこちゃんにたのみました
「おばあちゃんに　オニギリにしますか　って
　きいてきてちょうだい」
おてつだいのすきなあっこちゃん
おばあちゃんのへやにいきました
「おばあちゃん　オニギリにしますか？」

めのみえないおばあちゃんはおきあがって

「オニギリ　もってきたのかい？」

「だからオニギリにしますか？」

「なにいってるんだよ　オニギリはどこだい？」

「だからオニギリにしますか　きくんです」

「なにいってんのさ　このこは　オニギリなんか
　どこにもないじゃないか」

いそいでもどってきたあっこちゃん
おへんじをまっていたおかあさんに
「オニギリがどこにもないんだって！」

ウマイネエ

「おばあちゃんにスイカもっていってね
おばあちゃんはスイカがだいすき
きっと〝ウマイネエ〟っておっしゃるよ」

おばあちゃんのへやから　おさらをもって
もどってきたあっこちゃん

「ありがとよって　それから
スイカのきせつだねえ　って

「あとからやっぱり〝ウマイネエ〟って
おっしゃった！」
「ああよかったわねぇ」
「おばあちゃんは〝ウマイネエ〟がうまいねえ
おとうさんみたいにね」

おかいものは　ゆきのひに

あめふりのひに　おかあさんが
かいものから　かえってきました

「あっこ　おおきくなったら
ひとりで　おかいものにいきたいな
あめなんかふらないひがいいなあ

ゆきのほうがいいなあ

そしたら　あっこ
ゆきだるまつくってからいくから
ちょっとまっててね」

おねえちゃんが　わらえない

おねえちゃんが
めのびょうきになった
さびしそうなので
わらわせようとして
いろんなかお
してみたけど

わらわない

「めが　いっぽんじゃ　わらえないのね」

シーソーしたいけど

「おねえちゃんと　シーソーしたいなあ」
きょうはきげんがいいおねえちゃん
「シーソーしようか」
「しよう　しよう」

「わあ　うえからみると

おとなのきぶんだあ」

おねえちゃんが　したのほうで
おこってる
「はやくおりてきて　チカラだして
チカラ　もっとチカラだしてよ！」
「ウーン　ウーン！」
おねえちゃんはなかなかあがってこない
「ウーン　チカラがおもいなあ〜」

たたいてる

おとなりのおばさんが
ふとんをほして
トントン　トントン
たたいてる

「あーんなことしてたたいてる

うちだって
たたくオモチャがあるんだからねぇ」

「もっといいおと
するんだからねぇ」

おたんじょうびのプレゼント

おねえちゃんのおたんじょうびに
おじさんがくれたプレゼントは
めをあけたりとじたりする
しろいかお　クリクリめのせいようにんぎょう

あっこちゃんのおたんじょうびに
おじさんがくれたプレゼントは

めも　くちも　ほんものみたいな
くろいかおのおおきなクマさん

「すごいねえ　クマさんに
おへそまであるよ」
じぶんがもらったみたいに
おおよろこびのおかあさん

あっこちゃん
へんなかおしてあとずさり
「あっこだって　おへそまで
あるんだから！」

なかなおりしたいけど

なかよしのようこちゃんがぶったので
おこってかえってきたあっこちゃん
しばらくすると
ようこちゃんが　にわからかおをだした
あっこちゃん　すぐにろうかにでていき
「いらっしゃいよ」
「………」

「あがんなさいよ」

「………」

「だから　あそぼうよ」

「あっこちゃんはおかあさんばっかり

わたし　おとうさんになるの　いや！」

「だからはいんなさいよ　いらっしゃいよ」

「………」

「あそぼうよ　あっこがおとうさんになるから！」

「………」

「ごめんよおかあさん　やくそくするから

さっきからあやまっているじゃないか！」

それから……

「はやくおかあさんになりたいな
おかあさんになって　あかちゃんだっこしたり
おんぶしたりしたいなあ」
「あっこちゃん　おおきくなったら
おかあさんになるのね？」
「それからあかちゃんがうまれるの
そしたらだっこして

おっぱいあげるの」


「それから？」

「あかちゃんおんぶしておつかいにいくの」

「なにかってくるの？」

「あかちゃんのおかし　あっこもすこしたべるの
それからおもりとおせんたくするの」

「あかちゃんがおおきくなったら？」

「おねえちゃんみたいにがっこうにいくの」

「あかちゃんががっこうにいったら
あっこちゃんはなにするの？」

「それから……あっこ　ようちえんにいくの！」

「おしゃまなあっこちゃん」について

私には大正十四年生まれの姉（長姉）がおります。姉は特に『こだま』創刊号からずっと、数冊を図書館や友人に宣伝してくれていました。７号発行の頃、姉から手紙と一緒に小さなノートが三冊送られてきました。手紙には次のように書かれていました。

「小さなノートは整理をしていたら出てきたもので蒲田女塚にいた頃のとこちゃんのコトバです　可愛かった！」と。

小さなノートには、私が三歳から五歳までの、日常の

おしゃべりのコトバがそのまま（幼児の発音で）びっしりと書き留められていました。私が三歳なら当時の姉は十六歳だったはずです。三年間にわたる折々の記録でした。読んでみると幼いころの暮らしが目に浮かぶようでわくわくし、そのまま詩の発想へと繋がってゆきました。幼い日の私のコトバは、八歳下の可愛かった妹の姿と重なって見えたので、妹の名前で「おしゃまなあっこちゃん」シリーズとして書くことになりました。以後、児童文芸誌『青い地球』に発表しました。すべて幼児のコトバで書かれていますが、それを基にして創作したということです。私にとってこのノートは宝の泉。残してくれた法貴喜美子姉に感謝をこめてこの詩集を捧げようと思っています。

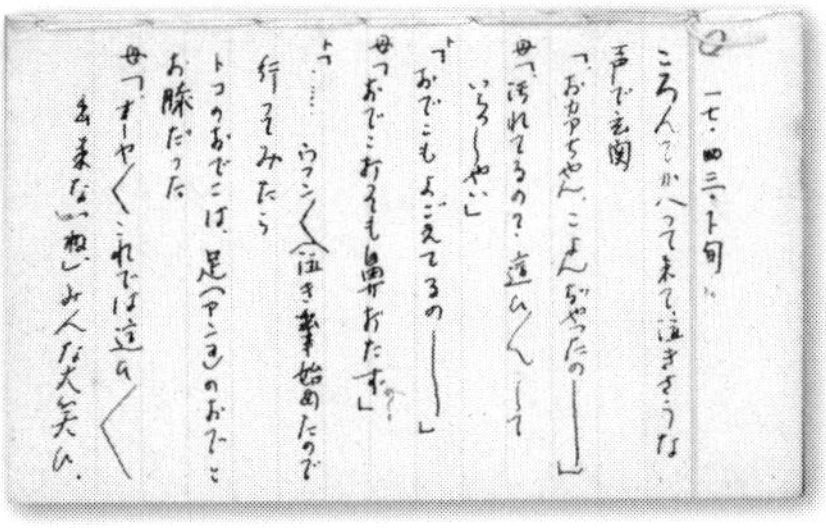

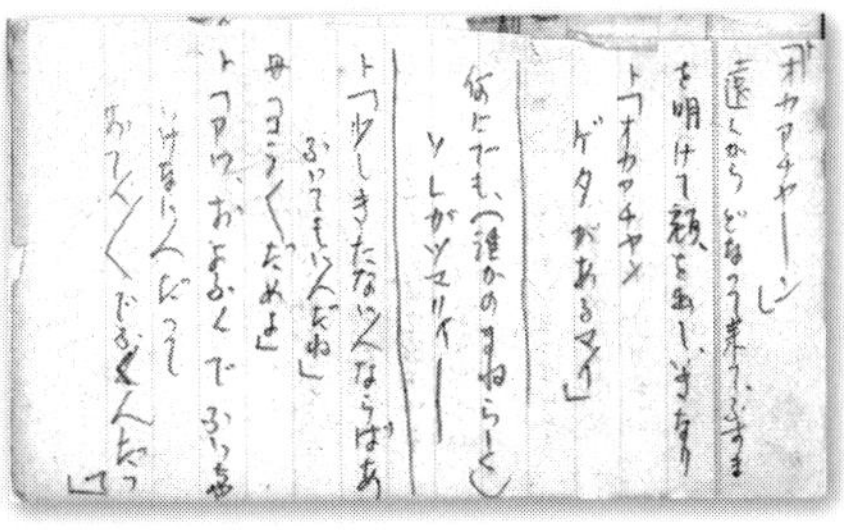

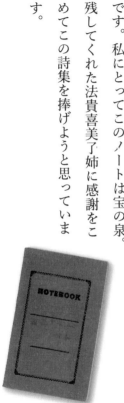

あとがき

一九九二年八月、創刊の『こだま』（世界の大人と子どもの詩誌・春秋発行）は、二〇一八年十一月 53号をもって終刊となりました。

編集・発行から離れ、時を経て整理をしている中で、大切なことに気づきました。それは『こだま』の編集発行には多くの時間と労力を費やしたかもしれないけれど、人生で一番幸せな時間だったのではないかと。私にとって幸せだった時間を大切にしたい思いと、その時間を共にした私を取り巻くあらゆるものへの感謝の気持をこめて一冊、まとめてみようと思い立ちました。

創刊以来『こだま』の表紙絵は毎年、内山　懋《つとむ》先生が描いてくださいました。『こだま』の表紙絵は美しく、楽しく、温かく、正に幸せのシンボルでありました。今回、この詩集のための絵をお願いし快く聞き入れてくださいました。私にとっての幸せな詩集になりました。

内山　懋《つとむ》先生に厚く御礼を申し上げます。またこの度もリーブル出版社長、坂本圭一朗様には丁寧なご指導をいただき有難うございました。

二〇二三年　夏

保坂登志子

著者略歴

保坂登志子（ほさか としこ）

1937 年生

詩集	『花の木の下で』	新詩人社 1982
	『星とあやとり』	かど創房 1986
	『アリバイ探し』	洛西書院 1998
	『魔法や』	福田正夫詩の会 2011
	『神さまと小鳥』	銀の鈴社 2014
評伝	『青の村』山本和夫文学ガイド	かど創房 1989

翻訳詩集（中国語詩の日本語訳）シリーズ

『海流Ⅰ』〜『海流Ⅲ』台湾・日本大人と子どもの
対訳詩集（陳千武・安田学・保坂登志子共訳）
かど創房 1990・1992・1995

※『海流Ⅱ』は 1992.6　台湾で同内容の詩集が出版され台湾省政府教育庁により台湾全小学校に配布されました。日本語の本が小学校に配られたのは戦後初めてのことでした。

小説・物語　陳千武著の翻訳

『ビンロウ大王物語』	かど創房 1998
『猟女犯』元台湾特別志願兵の追想	洛西書院 2000
『台湾平埔族の伝説』	洛西書院 2002
『台湾民間故事』	リーブル出版 2015

所属　日本翻訳家協会・日本詩人クラブ会員
「新詩人」「青い地球」「こだま」（編集発行）を経て
現在「焔」（福田正夫詩の会）同人

表紙絵・カット

内山　懋（うちやま つとむ）

1940年生　洋画家

父・内山雨海から書画の薫陶を受け、東京芸術大学で山口薫に、パリ国立美術学校でモーリス・ブリアンションに師事。以後、何処にも属さずに作品発表を続けて今に至る。

著書　内山　懋画文集（ギャラリー針ヶ谷）
　　　内山　懋スケッチ集（朝日カルチャーセンター 1995）

収蔵　池田20世紀美術館
　　　信州新町美術館
　　　世田谷区
　　　練馬・広徳禅寺大書院　襖絵42枚

詩集　わたしがオリーブだったころ

2023年11月1日　初版第1刷発行

著　者――保坂登志子
発行人――坂本圭一朗
発　行――リーブル出版
〒780―8040
高知市神田2126―1
TEL 088―837―1250

表紙絵
カット――内山　懋
装　幀――白石　遼
印刷・製本―株式会社リーブル

定価は表紙に表示してあります。

ISBN 978-4-86338-389-0